GW00671566

rororo

Elke Heidenreich hat Erzählungen sowie drei Kinderbücher (unter anderem «Nero Corleone», 1995) geschrieben. Sie ist als freie Autorin und Moderatorin bei Funk und Fernsehen tätig und seit 2003 Moderatorin der ZDF-Literatursendung «Lesen!». Elke Heidenreich lebt in Köln.

Michael Sowa, 1945 geboren, arbeitete nach dem Studium der Kunstpädagogik zunächst als Kunsterzieher und ist seit 1975 freischaffender Maler und Zeichner. Er ist Illustrator zahlreicher Bücher und veröffentlichte in Zeitungen und Zeitschriften. 1995 wurde er mit dem Olaf-Gulbransson-Preis ausgezeichnet. Michael Sowa lebt in Berlin.

Von Elke Heidenreich und Michael Sowa ist bei Rowohlt bisher «Erika oder Der verborgene Sinn des Lebens» (rororo 23513) erschienen.

Elke Heidenreich   Michael Sowa

Nurejews Hund

oder

Was Sehnsucht vermag

Rowohlt Taschenbuch Verlag

3. Auflage April 2012

Veröffentlicht im Rowohlt Taschenbuch Verlag,
Reinbek bei Hamburg, April 2007
Lizenzausgabe mit Genehmigung von
Sanssouci im Carl Hanser Verlag München – Wien

(*Nurejews Hund* erschien in kürzerer Form
in dem Erzählband «Rudernde Hunde».)

Umschlaggestaltung any.way, Cathrin Günther
(Illustration: Michael Sowa)
Druck und Bindung CPI – Clausen & Bosse, Leck
Printed in Germany
ISBN 978 3 499 24260 1

Das für dieses Buch verwendete Papier ist FSC®-zertifiziert.

Für Herta von Michael Sowa

Als der weltberühmte Tänzer und spätere Choreograf Rudolf Nurejew 1993 in Paris starb, hinterließ er außer Antiquitäten einen Hund namens Oblomow. Es war, wie der literarisch Gebildete unter den Lesern unschwer errät, ein besonders träger Hund. Auf relativ kurzen Beinen und sehr breiten Pfoten trug er einen schweren Leib in den Farben Schmutzig-Weiß, Beige und Verwaschen-Schwarz, seine Augen tränten, seine kräftigen Krallen waren zu lang und kratzten auf Parkettboden, seine Ohren hingen trostlos neben dem melancholischen Gesicht. So elegant, geschmeidig und durchtrainiert Rudolf Nurejew selbst in späteren Jahren und noch zu Beginn seiner tödlichen Krankheit war, so unelegant, übergewichtig und schwerfällig war Oblomow, der Hund. Wie sich besonders schöne und attraktive Menschen instinktiv mit unscheinbaren Freunden umgeben, damit ihr eigener Glanz nicht Schaden nimmt, so hatte sich Rudolf Nurejew, der Weltmeister der Schwerelosigkeit, ausgerechnet diesen kurzatmigen, plumpen Hund ausgesucht, der ergeben neben ihm schlurfte, während sein Herr geradezu flog, tanzte, durchs Leben glitt.

Ausgesucht? Er hatte sich diesen Hund keineswegs ausgesucht, dieser Hund war eines Tages einfach in sein Leben getreten. Jemand, der immer auf Reisen, immer auf Tournee ist, reißt sich nicht gerade um die ständige Verantwortung für einen Hund.

Rudolf Nurejew war in New York zu einer Party des Schriftstellers Truman Capote eingeladen. Truman lag, als Nurejew die Wohnung betrat, unbeachtet von den Gästen betrunken auf dem Boden und trank mit einem hässlichen, dicken

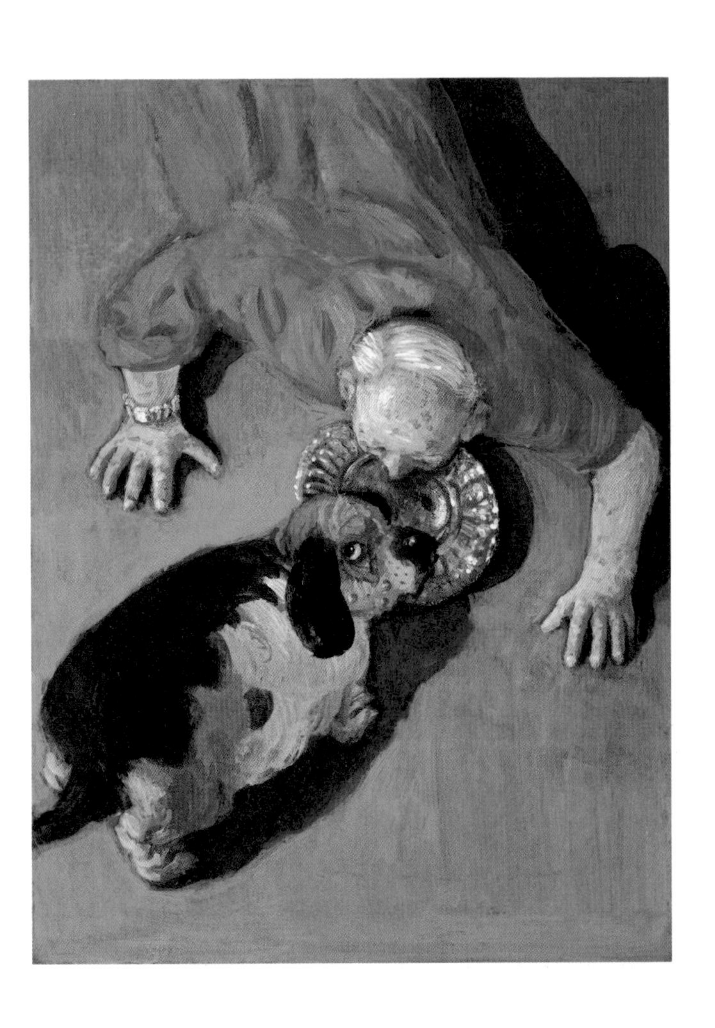

Hund aus einer kostbaren Silberschüssel etwas, das wie Champagner aussah. Beide sahen nicht besonders glücklich aus. Spät in der Nacht, schon fast am Morgen, als alle Gäste gegangen waren, lag Truman, nun schlafend, immer noch auf dem Boden. Nurejew saß in einem Sessel und hörte Musik, der Hund lag auf dem Diwan und sah Nurejew unverwandt aus seinen tränenden Augen an. Natürlich dachte er, das sei Trumans Hund. Er sprach mit ihm, zunächst englisch, aber der Hund rührte sich nicht. Er sprach französisch – nicht einmal ein Schwanzwedeln. Dann sprach er leise ein paar russische Wörter. Da sprang der Hund vom Bett, setzte sich vor Nurejew und hob eine seiner dicken Pfoten. Der Tänzer war gerührt und streichelte den großen Kopf. Dann schlief er im Sessel ein und wurde erst wach, als die Sonne hell ins Zimmer schien.

Truman Capote saß in einem Morgenmantel aus weinroter Seide verkatert und misslaunig am

Tisch und trank Kaffee. Zu seinen Füßen lag der unförmige Hund und knabberte an einem Muffin. «Guten Morgen», sagte Capote, «ich habe dir angesehen, was du geträumt hast.»

Nurejew lachte, stand auf und reckte sich. «Dann erzähl es mir», sagte er, «ich habe es nämlich schon wieder vergessen, aber ich weiß noch, dass es etwas Angenehmes war.»

Er setzte sich an den Tisch und zeigte auf den Hund.

«Seit wann hast du dieses hübsche Tier?»

«Ich?», sagte Capote und verschluckte sich fast. «Das ist doch dein Hund.»

«Mein Hund?»

«Ja, mir gehört er jedenfalls nicht.» Der Schriftsteller sah den Hund geradezu angewidert an. «Fett und hässlich bin ich selbst», sagte er, «da brauche ich nicht noch einen fetten hässlichen Hund.»

«Streckfus», sagte Nurejew leicht verärgert,

denn Streckfus war der eigentliche Name des Schriftstellers, «Streckfus, veralber mich nicht. Als ich gestern Abend zu deiner Party kam, lagst du mit diesem Hund schon auf dem Boden. Ihr habt zusammen aus der Schüssel da gesoffen.»

Truman Capote wischte sich angewidert mit der Serviette den Mund ab und sah sehr entsetzt aus. «Was habe ich?», sagte er, und dann, müde, melancholisch: «Na ja. Kann schon sein. Ich bin in letzter Zeit etwas exzentrisch.»

«In letzter Zeit», lachte Nurejew, und er zitierte, was der deutsche Schriftsteller Heinrich Böll über Capote gesagt hatte: «In der Welt Truman Capotes ist nur Platz für Kinder, Asoziale, Irre, doch wer den Ritterschlag erhalten will, muss mindestens der leichten Spinnerei verdächtig oder Großmutter sein.»

«Böll?», fragte Capote. «Was weiß denn der. Aber immerhin hat er nichts von Hunden gesagt.»

Rudolf Nurejew fragte: «Wie heißt der Hund?»

«Wie soll ich das wissen», sagte Truman Capote, «es ist doch dein Hund. Und du hast ihn mir nicht vorgestellt.»

«Es ist nicht mein Hund», sagte Nurejew. «Er war hier, als ich kam.»

Capote dachte nach und kratzte sich an seinem kugelrunden, in jungen Jahren so schön gewesenen Kopf. «Wer hat das Biest denn mitgebracht und dann einfach hiergelassen?», fragte er. Nurejew zuckte die Achseln. «Wen hast du denn alles eingeladen?», fragte er, und Capote seufzte: «Wenn ich das wüsste ... einer, den man einlädt, bringt ja immer drei mit, die man nicht kennt.»

«Aber es lässt doch niemand einfach einen Hund da.»

«Anscheinend doch.»

«Hattest du nicht früher auch Hunde?», fragte Rudolf Nurejew, und Capote sah traurig in die Ferne. «Möpse», sagte er, «zwei wunderbare Möpse, sie hießen Maggie und Charlie. Ich habe sie über alles geliebt.»

«Na siehst du», sagte Nurejew.

«Was sehe ich?», funkelte Truman Capote böse. «Ich sehe gar nichts. Ich sehe einen Hund, der so scheußlich ist wie ich und den ich nicht kenne.»

Nurejew beugte sich zu dem Hund und fragte auf Russisch: «Kak savusch?» Wie heißt du?

Der Hund kam zu ihm geschlurft, legte seinen Kopf in Nurejews Hand, seufzte tief und plumpste dann auf die Füße des Tänzers, wo er unverzüglich einschlief.

«Da haben wir es», triumphierte Truman Capote, «natürlich ist es dein Hund, das sieht man doch.»

«Er ist träge», sagte Nurejew, «das gefällt mir. Er ist ein Oblomow.»

«Er ist scheußlich», sagte Capote, «nimm ihn mit, deinen Hund, ich will ihn nicht länger in der Wohnung haben. Er riecht streng, und er schmatzt.»

Rudolf Nurejew konnte noch so oft versichern, dass es nicht sein Hund war – es half nichts. Als er am späten Vormittag und nach einem üppigen Frühstück den Schriftsteller verließ, trabte der Hund einfach hinter ihm her auf den Flur und ins Treppenhaus, und dann fuhr er mit ihm im Fahrstuhl nach unten. Oben schloss Capote dreimal die Wohnungstür hinter den beiden zu.

Das war im Frühjahr 1984. Zu dieser Zeit hatte Truman Capote noch ein halbes Jahr zu leben, Rudolf Nurejew noch achteinhalb Jahre und Oblomow, der Hund, noch ganze fünfzehn Jahre. Bis zu Nurejews Tod wohnte er bei ihm, mal in New York, mal in Paris, und wenn der Tänzer unterwegs war, sorgten Freunde für das plumpe, freundliche, träge Tier, das meistens auf einem Brokatkissen lag und schlief. Wenn Nurejew zu Hause war, begleitete Oblomow seinen Herrn natürlich überallhin, vor allem zum täglichen Training in den Ballettsaal mit den riesigen Spiegeln, dem glatten Boden und der *barre.* Dort lag dann das Brokatkissen neben dem Klavier, und wenn Monsieur Valentin spielte und Rudolf Nurejew sich an der Stange bog und drehte oder mit seinen Schülern oder dem Corps de Ballet der Pariser Oper neue Tanzschritte erprobte, lag Oblomow schläfrig auf seinem Lager, schaute durch fast geschlossene Augen dem Treiben zu und seufzte ab und zu tief. Er verstand inzwischen viel vom Tanz, wenn er auch nicht recht begriff, weshalb Lebewesen sich der Tortur unterzogen, mit beiden Beinen gleichzeitig in der Luft zu sein und dabei noch die Arme graziös emporzurecken, *ailes de pigeon, en avant et en arrière.* Wozu das alles? Der Boden erbebte leicht, und Oblomow spürte den Rhythmus des Klaviers und der tanzenden Füße und nahm ihn zufrieden grunzend in sich auf.

Un, deux, trois, allez! Nurejew sprang in die Luft, die Beine fest und gerade aneinandergeschmiegt, die Arme gestreckt, *assemblé soutenu*, und seine Partnerin kam ihm in einer *grande jetée en tournant* entgegengeflogen, der rechte Fuß stand auf der Spitze, der linke war mit 90 Grad nach hinten gestreckt, die Arme schienen Flügel zu sein, und Oblomow spürte tief in seinem Inneren unter dem dreifarbigen Fell, was Sehnsucht ist, was Romantik und Schönheit. Es machte ihn glücklich. Nachts träumte er mitunter von acht Ballerinen in aprikosenfarbenen Tutus, die gemeinsam *pas emboités* tanzten, eine Serie voreinander geschachtelter Schritte in die jeweils fünfte Position, o ja, Oblomow kannte sich aus, er hatte schon viel gesehen und konnte einen *entrechat quatre* durchaus von einem *entrechat six* unterscheiden, bei dem die gestreckten Füße dreimal statt nur zweimal beim Sprung in der Luft gekreuzt werden.

Was er hier sah und erlebte, war etwas anderes als das, was er in seinem früheren Leben, von dem niemand etwas wusste, gesehen hatte. Bei zwei jungen Männern hatte er gelebt, die abends Frauenkleider anzogen, mächtige Perücken aufsetzten und ihn in eine verrauchte Bar mitnahmen, wo sie vor anderen Männern scheußliche Lieder sangen. Oblomow hatte damals noch Garçon geheißen, denn wenn die beiden jungen Männer eine ihrer zahlreichen Partys gaben, hatten sie ihm eine Fliege umgebunden und ihn als Hausdiener vorgestellt. Oblomow hatte das keineswegs amüsant gefunden, er hatte es sogar, ehrlich gesagt, abscheulich und unter seiner Würde gefunden, den Hausdiener geben zu müssen. Bei Rudolf Nurejew, das spürte er sofort, war er in eine ganz andere Umgebung geraten, die Kultur und Schönheit bedeutete, auch wenn es ebenfalls oft rauschende Partynächte gab. Die beiden jungen Männer hatten ihn damals einfach bei Truman Capote zurückgelassen, oder vielleicht war er auch nur eingeschlafen

und hatte nicht gemerkt, dass sie gingen – so genau konnte er sich nicht mehr erinnern.

Das Leben bei seinem neuen Herrn gefiel Oblomow ungemein, und er liebte es, Nurejew zuzusehen, wenn auch dessen Sprungkraft nicht mehr so groß war wie in den früheren Jahren. Oblomow, der seine ideale Balance nur durch maximale Trägheit erreichte, konnte sich nicht sattsehen an den kraftvollen Sprüngen, die Schwerelosigkeit des Tänzers schien ihm ein Wunder, und wenn sein Herr die Position *écarté de face* einnahm, schräg gegenüber von Oblomow in seiner Ecke beim Klavier, dann vibrierte sein Herz vor Liebe, und die Augen wurden ihm feucht. Denn es erfüllten sich ihm Träume und Ahnungen und Vorstellungen von großer, erhebender Kunst, die schon immer in ihm geschlummert hatten.

Aber Rudolf Nurejew litt an einer Krankheit zum Tode. Als er immer schwächer wurde, wich

Oblomow nicht von seinem Lager. Viele Stunden lag Nurejew im Halbdunkel auf seinem Diwan, neben ihm auf dem Brokatkissen Oblomow, und Nurejew erzählte von seiner Kindheit in Ufa, der verbotenen Stadt, von seiner Mutter, von seinen ersten Tanzversuchen vor verletzten russischen Soldaten, barfuß, auf Asphalt. Oblomow hörte zu und traute sich kaum zu atmen, so lieblich klangen ihm diese leisen russischen Geschichten. Freunde des Tänzers kamen und versorgten ihn, denn trotz seines Kummers nahm sein Appetit nicht ab, und er mochte das Haus nur noch für das Allernötigste verlassen. Und als Nurejew gestorben war, fand man den trauernden Hund auf einem der Orientteppiche nahe dem Bett mit den vielen Seidenkissen. Er hatte die dicken Pfoten dicht vor die entzündeten Augen gelegt, so als wolle er nicht zeigen, dass er geweint hatte.

Natürlich hatte Nurejew von seinem Liebling

Abschied genommen, ehe er ins American Hospital verlegt wurde, wo er im Januar 1993 starb, und natürlich hatte er für ihn gesorgt und sich einen Menschen ausgesucht, der sich nach seinem Tod um das Tier kümmern sollte. Dieser Mensch war Olga Piroshkowa, eine Ballerina, die nie in der ersten Reihe getanzt hatte, aber ein Leben lang ein dem Tanz treu ergebenes Mitglied zuerst der Leningrader, dann der Pariser Oper gewesen war. Sie bewunderte Nurejew. Sie betete ihn an. Und sie kochte ihm, als er krank war, täglich kräftige Suppen, die sie ihm in einem blausilbernen Warmhaltetopf brachte. Sie fütterte ihn teelöffelweise mit der guten Rindfleisch- oder Hühnerbrühe – das Fleisch bekam Oblomow –, und wenn Nurejew erschöpft einschlief, hüllte sich die Piroshkowa in ihren großen schwarzen Samtschal mit den langen Fransen über ihrem tiefroten Wollmantel und ging mit Oblomow die kastanienbewachsene Allee entlang, bis der Hund sich entleert hatte und an der Leine zog, weil er wieder nach Hause zu seinem Herrn und den weichen Teppichen wollte.

Und oft erzählte sie ihm dann von dem wilden, ungebärdigen Tatarenjungen aus Ufa, der sich in den Westen abgesetzt, aber immer an seine Kollegen vom Leningrader Ballett gedacht hatte. Auch für sie hatte er eines Tages eine Ausreisegenehmigung erwirkt, nie würde sie ihm das vergessen. «Er ist ein guter Mensch», flüsterte sie, «auch wenn man das manchmal nicht sieht. Ich weiß es. Wer so schön ist, muss gut sein.» Und Oblomow seufzte vor tiefstem Einverständnis.

Olga Piroshkowa also legte der sterbende Nurejew seinen Hund ans russisch-besorgte Herz. Er hatte in seinem Testament vermerkt, dass der alte Gläserschrank mit den kostbaren Biedermeiergläsern sowie zwei usbekische, sehr wertvolle Teppiche, die Sammlung seltener Schallplatten und eine größere Summe Bargeld in den Besitz der Piroshkowa übergehen sollten, verbunden mit der Bitte, sich um Oblomow bis zu dessen letztem Atemzug liebevoll zu kümmern.

Die Piroshkowa nahm das Erbe dankbar an. Sie erwirkte, dass Oblomow, der einzige Hinterbliebene aus Nurejews unmittelbarer Umgebung, während der Trauerzeremonie mit in die Kirche durfte, und er lag stumm, nur hin und wieder tief seufzend zu ihren Füßen und störte niemanden. Im Gegenteil, viele der aus aller Welt angereisten Tänzer, Regisseure, Dirigenten, Choreographen, viele der Künstler und Journalisten und der Bewunderer, Fans und Freunde streichelten über Oblomows großen Kopf und sagten leise: «Ach, du armer Hund!», oder: «Nun bist du ganz allein.»

Auch die beiden jungen Männer, zu denen er einmal gehört hatte, waren gekommen. Sie trugen auffällige Samtjacken und übertriebene Spitzenjabots, aber wenigstens keine Frauenkleider, und sie sangen auch nicht. Sie weinten. Sie erkannten nicht einmal ihren Hund, der nun auch neun Jahre älter und erheblich korpulenter geworden war, und Oblomow hütete sich, sich zu erkennen zu geben und sie gar schwanzwedelnd zu begrüßen. Er sehnte sich nicht danach, wieder in zugigen Kneipen auf der Bühne zu liegen und unsägliche Lieder zu hören, er sehnte sich nach einem ruhigen, stillen Lebensabend bei Olga Piroshkowa. Und trotzdem dachte er mit einem Anflug von Bitterkeit: «Was für miese Burschen! Lassen mich einfach bei einem betrunkenen Schriftsteller zurück und kennen mich später nicht einmal mehr. Dabei habe ich in ihrem Bett geschlafen.»

Aber dann gab er doch insgeheim zu, dass er nicht ganz unschuldig war – er hatte sich damals zusammen mit Truman Capote durchaus am Champagner betrunken und nicht einmal gemerkt, dass seine beiden sonderbaren Herrchen in Frauenkleidern ohne ihn aufgebrochen waren. Nun ja. Er kuschelte sich an die Piroshkowa, steckte seinen Kopf zwischen die Pfoten und lauschte den bewegenden Reden und der Musik von Dmitri Schostakowitsch.

Er war kein armer Hund, und er war keineswegs ganz allein auf der Welt. Er hatte ja die Piroshkowa, in deren Appartement am Bois de Boulogne er nun einzog. Seine mit rotem Samt eingefassten Decken, sein schwarzes thailändisches Körbchen, sein Brokatkissen, sein weiches Halsband aus Kalbsleder, das ihm Bianca Jagger einmal geschenkt hatte, seine Fress- und Wassernäpfe aus bestem Sèvresporzellan mit leuchtendem Blumendekor von Falconet, ein Geschenk von Andy Warhol, der ihm besonders gefallen hatte und von dem er sich sogar einmal fotografieren ließ, das alles kam mit und vermittelte ihm ein Gefühl von Heimat in seiner tiefen Traurigkeit. Olga Piroshkowa liebte den Hund, wie sie Nurejew geliebt hatte. Sie versorgte ihn gut, ließ ihn vor ihrem Bett schlafen, und wenn sie die wunderbaren alten Schallplatten mit den Divertissements von Rameau, Gluck oder Gounod auflegte, zu denen Rudolf Nurejew so oft getanzt hatte, dann hatten sie beide Tränen in den Augen. Dann und wann ging Olga Piroshkowa in den Trainingssaal der Oper und übte mit den Ballettelevinnen. Dann lag Oblomow wieder neben dem Klavier bei Monsieur Valentin, sah zu, hörte zu, spürte den Fußboden beben, und ein namenloses Sehnen zog durch seine Brust und brach manchmal in einem kurzen, markerschütternden Geheul aus ihm heraus, das alle Tänzer erstarren ließ. Auch Monsieur Valentin hielt dann inne, nahm die langen weißen Hände von den Tasten, bückte sich, kraulte Oblomow hinter den Ohren und sagte: «Ah, mon pauvre petit chien, il n'est pas disparu, il est toujours entre nous», mein Armer, er ist nicht wirklich weg, er ist immer hier bei uns, und Oblomow spürte, dass daran etwas Wahres war.

Die Piroshkowa lebte ein zurückgezogenes Leben. Sie war über sechzig, ihre besten Jahre waren längst vorbei, und sie hatte ohnehin nie so ausschweifend gelebt, solche opulenten Feste gefeiert, Bankette gegeben, so viele Freunde so großzügig bewirtet, wie das bei Rudolf Nurejew der Fall gewesen war. Ihr Leben war leise, diszipliniert, ein kleines Ritual, aber Oblomow, auch in die Jahre gekommen, fühlte sich, wenn er ganz ehrlich war, dabei wohler als bei den lauten, wilden Gelagen damals in Nurejews Wohnung, bei denen ihm schone junge Manner Champagner in seinen Trinknapf gegossen und ihn mit Kaviarbrötchen gefüttert hatten.

Zu Olga Piroshkowa kam die große Welt nicht. Aber zu ihr kamen junge und alte Exilrussen,

Tänzer, Schriftsteller, ein Maler, eine Pianistin. Dann wurde diskutiert, Musik gehört, es gab ein kleines Essen, man lachte und weinte, sprach ausschließlich russisch, was Oblomow sehr gut verstand, es klang ihm immer als die schönste Sprache von allen, ja, fast wie Musik, und er fühlte sich in dieser Gesellschaft sehr wohl. Ein alter Schriftsteller schaute ihn einmal an, streichelte ihn und sagte: «Ich sehe dir an, dass du alles verstehst.» Und Oblomow dachte an Truman Capote, der zu Nurejew gesagt hatte: «Ich habe dir angesehen, was du geträumt hast.» Oblomow hatte es auch gesehen: Nurejew hatte von seiner Mutter geträumt, die er in Ufa zurückgelassen und die er sehr geliebt hatte. Jahre später schrieb der Schriftsteller eine Geschichte über einen Hund, der Russisch verstand. Sie erschien in einem kleinen Exilverlag, aber man weiß nicht, ob sie außer dem Verleger, der auch der Lektor war, je irgendein Mensch gelesen hat.

Oblomow wollte jetzt, da er alt wurde, seine Ruhe haben, und die hatte er bei der Piroshkowa, die zeitig zu Bett ging. Aber er konnte nicht besonders gut und lange schlafen, weil ihm zu viele Geschichten durch den dicken Kopf gingen. Darum wurden ihm die Nächte doch manchmal etwas lang, und er schlurfte durch die nur angelehnte Tür auf den kleinen Balkon und sah nachts um halb drei durch das Gitter der Veranda hinunter auf die stille Straße vorm Bois de Boulogne. Und eines Nachts ertappte er sich zu seinem Erstaunen dabei, wie er plötzlich die Vorderpfoten zierlich kreuzte und einen kleinen Sprung wagte – fast eine *révoltade*, eine äußerst komplizierte Variation aus Spielbein und Sprungbein. Er schnaufte heftig. Langsam hob er seinen Hinterleib und stellte sich auf die Spitzen der Hinterpfoten – ein beinahe perfektes *relevé* war ihm da gelungen, und er legte noch einen Schritt drauf, einen ganz kleinen, eigentlich nur angedeuteten *frappé*, ein leichtes Fersenanschlagen, Spielbein gegen Standbein. Dann stand er verwundert still und horchte in sich hinein. Was war denn das? Konnte er, wollte er etwa tanzen, in seinem Alter, bei seiner Leibesfülle? Trieb ihn Sehnsucht nach seinem Herrn, Erinnerung, oder hatte er ästhetische Bedürfnisse? Er wusste es nicht. Er wusste nur, dass es ihn reizte, auszuprobieren, was er so oft gesehen, wovon er so oft geträumt hatte. *Jeté! Plié!* Oblomow fügte, wie er es tausendmal beobachtet hatte, eine kleine Serie *demi-pliés* an, um die Muskeln zu lockern und die Balance zu halten, und dann wagte er sich an die erste Position: die Füße werden nach außen gedreht, Fersen aneinander, und so muss es eine gerade Linie sein. Oblomow gelang das perfekt. Die zweite Position – beide Füße in gerader Linie mit einem Schrittabstand zwischen den Fersen – machte ihm auch keinerlei Mühe. Sein Herz klopfte, er war sehr aufgeregt und bereute, nicht schon früher mal einige Tanzschritte erprobt zu haben. Aber er kam rasch außer Atem und beschloss, es nicht zu übertreiben und weitere Positionen in der nächsten Nacht zu versuchen. Er atmete die würzige Nachtluft tief ein und trollte sich wieder auf seine Decke, ließ sich schwer fallen und sank in einen Traum, in dem dralle böhmische Mädchen zu Musik von Dvořák erotische Tänze tanzten.

Am nächsten Tag wunderte sich Olga Piroshkowa darüber, dass der Hund gleichermaßen erschöpft und nervös wirkte. Er schnaufte schwer beim Treppensteigen, er mochte nicht spazieren gehen, aber in der Wohnung lief er unruhig auf und ab, und es schien ihr, als setzte er die Pfoten anders als sonst – nicht so breitbeinig, sondern zierlicher, als würde das schwere Tier versuchen, leichter zu gehen, und sie war beunruhigt und doch auch sehr gerührt. Sie beschloss, Oblomow im Auge zu behalten.

In der Nacht erhob er sich wieder von seinem Lager und ging mit kratzenden Schritten über das Parkett auf den Balkon. Die Piroshkowa hatte meistens einen leichten Schlaf. Sie war zudem von ein paar Sorgen belastet, denn sie hatte eine südindische Tanztruppe nach Paris eingeladen und war sich nicht sicher, ob die Pariser wirklich die religiösen Tanzdramen der Brahmanen sehen wollten und ob sich das ganze Unternehmen rentieren würde. Sie erwachte und sah, wie Oblomow auf den Balkon schlich. Wie erstaunte sie, als der Hund plötzlich, den Kopf zur Stabilisierung des Gleichgewichts gegen das Gitter gepresst, die beiden Vorderpfoten in die dritte Position stellte – parallel in entgegengesetzte Richtungen zeigend, die Fersen aneinandergeschmiegt. Natürlich konnte das ein Zufall sein, eine seltsame Haltung, unwillkürlich eingenommen, aber auch die vierte Position stimmte, und dann die komplizierte fünfte, aus der heraus

der Hund plötzlich mit völlig unvermuteter Leichtigkeit in die Höhe sprang und *assemblé simple* versuchte. Dann stand er still. Olga Piroshkowa hielt den Atem an und hörte ihn schwer schnaufen. Oblomow blickte lange hinab auf die Straße, und dann versuchte er, sich auf die Hinterpfoten zu stellen und die Vorderpfoten *en haut* über den Kopf zu halten, so graziös wie möglich, aber er hielt das nicht lange durch und stand bald wieder auf allen vieren. Sie war bis ins Herz gerührt. Es bestand für sie kein Zweifel: Nurejews Hund übte heimlich Tanzschritte, und sie konnte es kaum fassen. Wie sollte sie sich verhalten? Sollte sie das Tier loben, ihm zeigen, dass sie sein Geheimnis kannte, oder sollte sie still das Schauspiel genießen und sich gar nicht anmerken lassen, dass sie etwas wusste? Sie entschied sich zunächst für Letzteres, konnte aber lange nicht einschlafen vor Aufregung und konnte es sich nicht versagen, wie zufällig ihre Hand aus dem Bett hängen und über Oblomows Kopf gleiten zu lassen, sanft, lobend, als der schwer atmende Hund längst wieder auf seiner Decke vor ihrem Bett lag und träumte, dass in schöne Trachten gekleidete Männer kraftvoll den Gopak, einen aus der Ukraine stammenden Nationaltanz im $^{2}/_{4}$-Takt, tanzten.

Die Piroshkowa beobachtete die nächtlichen Versuche Oblomows, elegante Tanzschritte zu wagen, nun öfter. Er machte Fortschritte. Sie hätte gern ab und zu eingegriffen und ein wenig geholfen, korrigiert, gefordert und gefördert, aber sie hütete sich davor, denn sie fürchtete, das Tier würde erschrocken darauf reagieren und nie mehr tanzen, wenn es sich entdeckt und beobachtet fühlte. Aber es drängte sie natürlich, ihre unerhörte Beobachtung mitzuteilen: Nurejews Hund tanzt! Was für eine Sensation! Sie dachte sogar daran, Fotos davon an alle großen Blätter zu verkaufen, eine Titelgeschichte in den Tanzjournalen wäre das allemal wert, und sie könnte es sich teuer bezahlen lassen – allzu üppig war das Konto der Piroshkowa nicht, auch Nurejews Geld schmolz dahin. Sie würde ja alle Einnahmen durchaus mit Oblomow teilen, ihm eine neue Kaschmirdecke kaufen, das beste Fleisch für ihn kochen, Basmatireis als Beilage reichen statt des einfachen amerikanischen Langkornreises. Dennoch sprach sie mit niemandem, auch nicht mit Oblomow.

Es fiel ihr schwer, den russischen Freunden nichts davon zu erzählen. Sie war so stolz auf Oblomow! Und sie malte sich aus, wie die Freunde ihr nicht glauben würden, wie sie Oblomow dann bitten und wie er für sie tanzen würde – welche Freude hätten sie daran! Und sie träumte davon, mit Oblomow zu reisen, sie sah Plakate an den großen Häusern dieser Welt: «Heute Abend: Nurejews Hund tanzt!» Vielleicht würde sie sogar in Leningrad, ihrer Heimat, mit ihm auftreten können, das jetzt endlich wieder St. Petersburg heißen durfte. Ja, sie würde eine Choreographie entwickeln für diesen tanzenden Hund, nein, noch besser: für einen alten Hund und eine alte Tänzerin, *La belle et la bête*, und gemeinsam würde man auf der Bühne stehen und … so träumte sie. Aber sie ließ es bei den Träumen, sie erzählte nichts. Doch einmal lud sie die Pianistin, mit der sie befreundet war, allein zu einem späten Abendessen ein und bat sie, auch ihren Fotoapparat mitzubringen – es gäbe vielleicht eine Überraschung. Die Pianistin kam, man aß und trank, hörte Milhauds «L'homme et son désir» und hatte einen schönen Abend miteinander. Der Mond schien über dem Bois de Boulogne, und auf dem Balkon lag Oblomow, die Schnauze ans Gitter gedrückt, und sah hinab auf die abendlich belebte Straße oder döste. «Was ist mit der Überraschung?», fragte die Pianistin kurz vorm Aufbrechen, und Olga Piroshkowa hob bedauernd die schönen Hände, lächelte und sagte: «Es hat leider nicht geklappt. Vielleicht ein andermal, bis dahin darf ich dir nichts verraten.» Die beiden Frauen küssten sich auf die Wangen, verabschiedeten sich, und während Olga Piroshkowa die Gläser und Teller und die leere Weinflasche in die kleine Küche räumte, sah sie immer wieder zu Oblomow, der auf dem Balkon lag und sich nicht rührte. Es war ein milder Sommerabend. Olga führte den Hund noch einmal aus, dann legten sich beide zum Schlafen nieder.

In dieser Nacht geschah nichts, und in der nächsten Nacht lag ein kleiner Fotoapparat in Olga Piroshkowas Reichweite neben dem Kopfkissen. Wenn Oblomow wieder tanzte, würde sie versuchen, ein Foto davon zu machen.

Und wirklich, gegen vier Uhr, als es bereits hell wurde und die ersten Vögel zwitscherten, stand das große, unförmige Tier draußen am Balkongitter und übte eine kleine *arabesque* mit weit zurückgestrecktem linkem Hinterbein. Olga Piroshkowa nahm vorsichtig den Fotoapparat auf und schaute durch die Linse. In diesem Moment drehte der Hund sich um und sah sie mit einem so traurigen Ausdruck an, dass sie das Gefühl hatte, ihn verraten zu haben wie Orpheus seine Eurydike, als er sie aus der Unterwelt befreite und dann für immer durch seine Neugier verlor. Der Hund stand da, sah sie an, sie ließ den Fotoapparat sinken, flüsterte: «Pardon, mon cher!», und Oblomow trottete ins Zimmer und legte sich, weit entfernt von ihrem Bett, auf den kleinen usbekischen Teppich unter ihrem Schreibsekretär.

In dieser Nacht schliefen sie beide schlecht. Die Piroshkowa träumte von einem totalen Desaster mit der südindischen Tanztruppe, die in Wahrheit zwei Wochen später einen großen Erfolg haben und der Piroshkowa einiges Geld einbringen sollte, und

Oblomow träumte von Männern mit Dolchen, die im wilden 6/8-Takt die Lesginka aus Daghestan tanzten.

In den nächsten Tagen gingen beide äußerst vorsichtig miteinander um, die alternde Ballerina und der Hund des weltberühmten toten Tänzers. Sie wusste nicht, ob sie das nächtliche Geschehen ansprechen sollte, er wusste nicht, ob sie ihn wirklich durchschaut und beobachtet hatte. Er tanzte einige Tage nicht oder nur dann, wenn er fest davon überzeugt war, dass Olga Piroshkowa tief schlief, er hörte es an ihrem Atem. Dann übte er schwierige Sprünge und entzückende kleine Pirouetten, landete aber immer plump auf allen vier Pfoten statt auf zweien oder gar auf nur einer.

Am 17. März 1998 wäre Rudolf Gametowitsch Nurejew sechzig Jahre alt geworden. Oblomow lebte nun schon fünf Jahre bei Olga Piroshkowa, und er fühlte sich immer öfter alt und müde. Aber immer noch übte er ab und zu Tanzschritte, und er hatte das Gefühl, seine Gelenke blieben dadurch gesund und sein Herz jung. An diesem Tag im Frühling, es war schon warm, die Forsythien blühten, schmuggelte die Piroshkowa Oblomow auf den russischen Friedhof von Sainte-Geneviève-de-Bois zum Grab Nurejews, wo Hunde natürlich verboten sind. Sie hatte einen großen Strauß weißer Rosen dabei und legte ihn auf dem Grab ab. Lange stand sie still da, mit gefalteten Händen, und Oblomow lag neben ihr, den schweren Kopf auf den Pfoten, schaute auf das Grab und träumte.

Weit und breit war kein Mensch zu sehen. Da beugte sich Olga Piroshkowa zu ihm hinunter, streichelte ihn sanft und flüsterte: «Mily Oblomow, ty potjesch pupliaschy tolka dlia jewo», Oblomow, mein Lieber – tanz einmal. Nur für ihn. Zum ersten Mal hatte sie mit ihm russisch und nicht französisch gesprochen! Er war tief gerührt.

Oblomows Nase zitterte, seine Flanken bebten.

Er verstand genau, was sie meinte. Er sollte sein Geheimnis offenbaren, mit ihr teilen, einmal tanzen, für Nurejew, seinen früheren Herrn, der hier lag und den sie beide geliebt hatten. Der Hund erhob sich langsam, schüttelte sich, verharrte. Er hob seinen Kopf und sah zu Olga Piroshkowa hoch, die ihn sanft anlächelte. Sie würde ihn nicht verraten, das wusste er. Und er ging ein wenig zurück, nahm einen kleinen Anlauf, und dann legte Oblomow, der schwere, nun fast sechzehnjährige Hund des weltberühmten Tänzers Rudolf Nurejew, eine tadellose *cabriole* mit geschlossenen Hinterbeinen, hochgestreckten Vorderbeinen, einen Flug über das Grab mit tadelloser Landung auf dem zitternden Standbein hin. Er landete mitten in den weißen Rosen. Und die Piroshkowa sah ihn an, hatte Tränen in den Augen und flüsterte: «Une cabriole, merveilleux, wie stolz wäre er auf dich, mon cher.»

Und dann gingen sie heim, beschwingt, glück-

lich, einander tief verbunden, und auf dem Treppenabsatz vor der Tür zu ihrem Appartement leistete sich Oblomow einen völlig überraschenden *soubresaut*, einen komplizierten Senkrechtsprung aus der fünften Position mit perfekter Landung. Danach hat Oblomow bis ans Ende seines Hundelebens nie wieder getanzt, und die Piroshkowa hat nie ein Wort über ihr gemeinsames Geheimnis verloren, kein französisches und kein russisches.

Als der Hund mit fast siebzehn Jahren die Augen für immer schloss, ging die Piroshkowa mit der in eine Kaschmirdecke gewickelten Hundeleiche des Nachts auf den Friedhof, auf dem auch Nurejew lag.

Ein junger Mann vom Ballett begleitete sie, der eine Schaufel trug. Er grub zu Füßen Nurejews ein tiefes Loch in das Grab. Die Piroshkowa, den schweren Oblomow auf ihren dünnen Ärmchen, schauderte. Sie hatte Angst, dass ihr toter Freund »Au!« oder »Was tut ihr da?« rufen würde, doch nichts geschah. Alles blieb still, der Mond schien sehr friedlich, und der junge Mann und die Piroshkowa legten den toten Hund zu Füßen des toten Tänzers vorsichtig in das Grab. Der junge Mann schaufelte das Loch wieder zu, und sie verließen den Friedhof.

Das Grab ist natürlich eine Art Wallfahrtsstätte für Tanzenthusiasten aus aller Welt geworden. Sie wissen nicht, dass sie mit ihrem Besuch dort zwei großen Tanzlegenden huldigen, dem unvergleichlichen Nurejew und Oblomow, seinem Hund.